El conejo Pipo
lee conmigo

El conejo Pipo
lee conmigo

Ilustraciones y
texto de Lena.
Adaptado por María Merino.

El conejo Pipo está hoy muy contento. ¿Sabes por qué? Porque hoy es su cumpleaños.

Esta mañana se levantó muy tempranito para ir de compras. Necesitaba muchas cosas para hacer un gran pastel: azúcar, huevos, harina, crema... Pipo quiere que sea un pastel muy grande para poder invitar a sus amigos: el búho Pedro, el castor Víctor y la ardilla Chiqui.

Pipo ha tomado la receta de un libro de su abuela. Ahora tiene todos los ingredientes necesarios: sólo le falta ponerse a trabajar.

Es la primera vez que hace un pastel. Hay que batir los huevos con el azúcar, mezclar la harina... ¡es un buen cocinero!

Ya está todo preparado para meter al horno. Sólo tiene que esperar un poco.

¡Qué bien huele! ¿Estará ya hecho el pastel?, se pregunta curioso.

Se acerca despacio al horno... ¿y qué ve? Un enorme pastel dorado.

—¡Yupiii! ¡Me salido genial! —grita contento—. Ahora voy a decorarlo con fresas y con crema. ¡Nos vamos a chupar los dedos!

El pastel parece comprado en una pastelería.

—¡Voy a buscar a mis amigos! —dice Pipo.

—¡Hola Chiqui! ¿Cómo estás?

—¡Hola Pipo! Muy bien. ¿Y tú?

—Hoy es mi cumpleaños. Te invito a probar el pastel que preparé esta mañana.

—¡Qué pena Pipo! No podré ir a tu cumpleaños. Tengo que llevar estas nueces a casa de otras ardillas. Lo siento.

Pipo está solo en casa.
¡Qué triste está!
Sus mejores amigos no han
podido venir a su fiesta de
cumpleaños.

—Mis amigos me han
abandonado —piensa
llorando. Unas lágrimas
gordotas saltan de sus ojos—.
¿Qué voy a hacer ahora con el
pastel? Lo había hecho con
tanta ilusión para ellos...
¡Pobre Pipo! Cada vez está
más triste.

Toc, toc, toc.

—¡Llaman a la puerta! ¿Quién será? —se pregunta Pipo.

Al abrir la puerta se encuentra con Pedro, Víctor y Chiqui que empiezan a cantar:

¡¡CUMPLEAÑOS FELIZ!!

—Queríamos darte una sorpresa —explica Víctor—. ¿Cómo no íbamos a venir a tu cumpleaños? Te hemos traído estos regalos. ¿Dónde está el pastel?

—¡Aquí llega el pastel! Lo he hecho yo solito —dice Pipo orgulloso—. ¿Quién quiere probarlo?

—¡Yo! —grita Chiqui.

—¡Y yo también! —dice Víctor.

—Me serviré yo primero —añade Pedro.

Pipo está muy contento. A sus amigos les gusta su pastel.

—¡Viva Pipo, nuestro gran cocinero! —repiten todos.

Y con cantos y risas acaba como siempre nuestra historia.

la m . . i . . . .

la j . . .a

el . . . . . .

el saco de n . . . . .

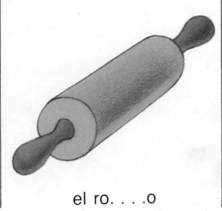

el ro . . . .o

Pipo pr. . . .a el p . . .

¡Hola! Soy **Pipo**, el conejo. Ya soy uno de tus amigos. Me han dicho que ya sabes leer solo. ¿Es verdad? ¡Vamos a verlo! ¿Ves estos dibujos? Tienes que completar las letras que faltan. ¿Lo has conseguido? ¡Enhorabuena!

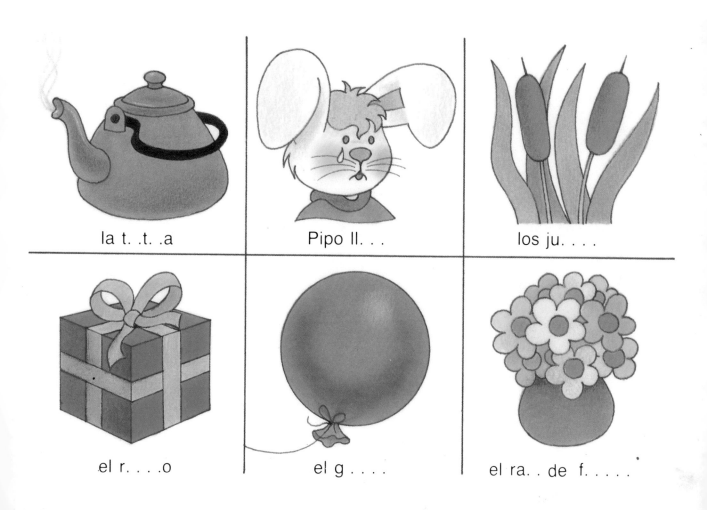

la t. .t. .a

Pipo ll. . .

los ju. . . .

el r. . . .o

el g. . . .

el ra. . de f. . . . .